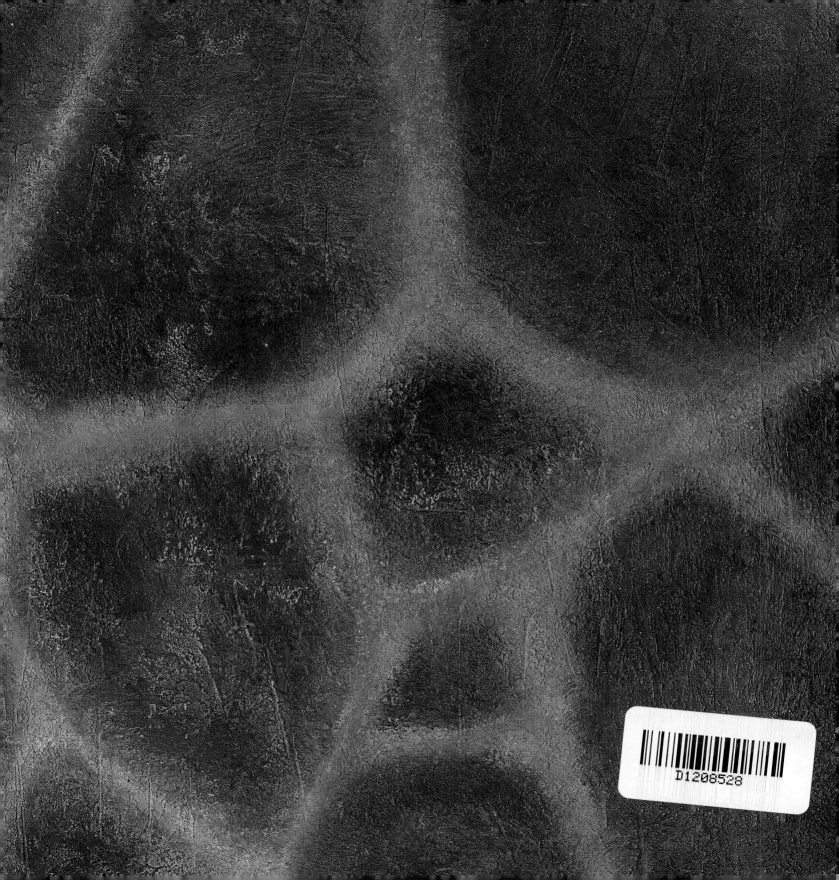

loqueleo

CUÁLES ANIMALES
D. R. © del texto y de las ilustraciones: Juan Gedovius, 2012

D. R. © Editorial Santillana, S. A. de C. V., 2016
   Av. Río Mixcoac 274, piso 4
   Col. Acacias, México, D. F., 03240

Segunda edición: mayo de 2016

ISBN: 978-607-01-3090-8

Impreso en México

Este libro se terminó de imprimir en el mes de Mayo de 2016, en Edamsa Impresiones, S.A. de C.V., Av. Hidalgo No. 111, Col. Fracc. San Nicolás Tolentino, C.P. 09850, Del. Iztapalapa, Ciudad de México, México

www.loqueleo.santillana.com

Cuáles animales

Juan Gedovius

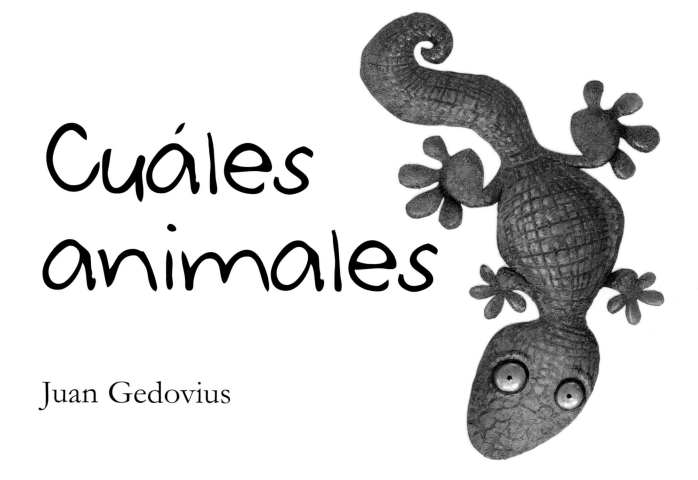

loqueleo

Lechería de la pradera
Muge plácida granjera

Tintero de mil ventosas

Ocho manos talentosas

Dentadura de pantano

Heladísima playera
Nada tiene de ligera

Agua de sal rebanada

Calma piedra sin prisa
Es muy dura su camisa

Fortachón azucarado
Viene todo despeinado

En arena y de costado
Cascanueces confitado

Vuelta y vuelta su casita
Lo baboso no se quita.

Orejón, también rollizo

y su trompa llega al piso

No camina, se retuerce

Pura cola me parece

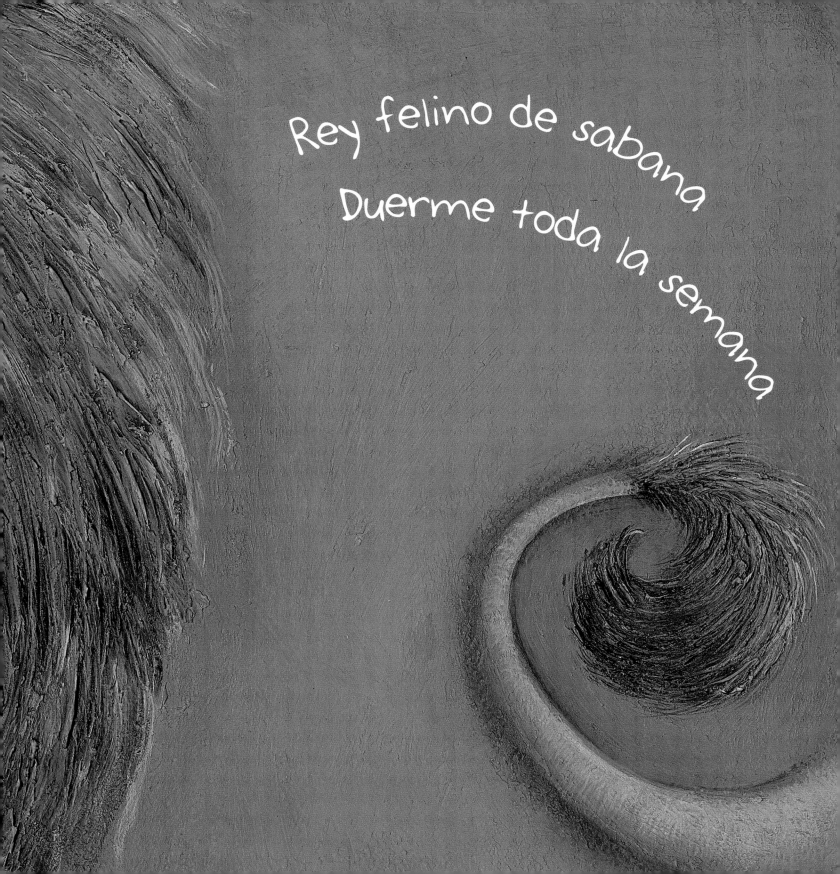

Rey felino de sabana
Duerme toda la semana

Juan Gedovius

Trasnochador incorregible y pescador de dragones de mar.

Desde temprana edad está acompañado siempre de pinceles, pintura o cualquier otro utensilio que le permita capturar en papel todas aquellas criaturas moradoras de sueños. Ha encontrando en los libros el medio óptimo para acercar un pedacito de fantasía a quienes gusten darse un chapuzón en sus páginas.

Más de sesenta publicaciones y numerosas exposiciones dentro y fuera del país, diez premios internacionales, animaciones, portadas discográficas, carteles, museografías y múltiples materiales gráficos.

Aquí acaba este libro
escrito, ilustrado, diseñado, editado, impreso
por personas que aman los libros.
Aquí acaba este libro que tú has leído,
el libro que ya eres.

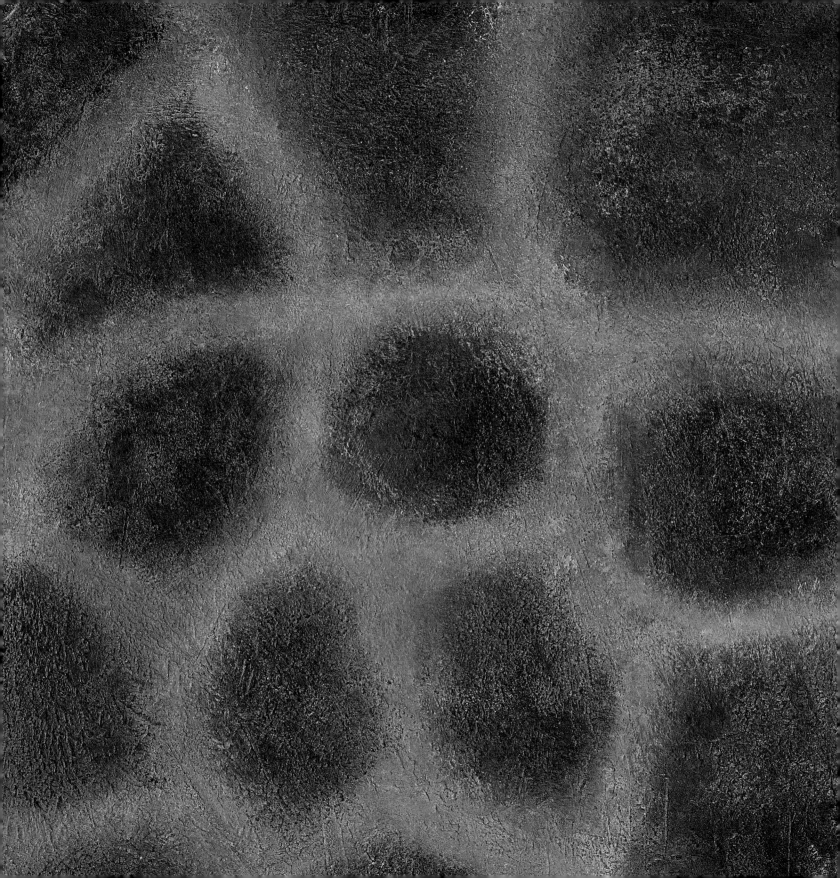